Merry Christmas
MW01128172

INDEX

Name	Page (Index)

INDEX

Name	Page (Index)

INDEX

Name	Page (Index)

INDEX

Name	Page (Index)

Name :

Address :

Phone: E-mail:

Year	20.....	20.....	20.....	20.....	20.....	20.....	20.....	20.....	20.....	20.....
S										
R										

Name :

Address :

Phone: E-mail:

Year	20.....	20.....	20.....	20.....	20.....	20.....	20.....	20.....	20.....	20.....
S										
R										

Name :

Address :

Phone: E-mail:

Year	20.....	20.....	20.....	20.....	20.....	20.....	20.....	20.....	20.....	20.....
S										
R										

Name :

Address :

Phone: E-mail:

Year	20.....	20.....	20.....	20.....	20.....	20.....	20.....	20.....	20.....	20.....
S										
R										

A

Name :

Address :

Phone: E-mail:

Year	20.....	20.....	20.....	20.....	20.....	20.....	20.....	20.....	20.....	20.....
S										
R										

Name :

Address :

Phone: E-mail:

Year	20.....	20.....	20.....	20.....	20.....	20.....	20.....	20.....	20.....	20.....
S										
R										

Name :

Address :

Phone: E-mail:

Year	20.....	20.....	20.....	20.....	20.....	20.....	20.....	20.....	20.....	20.....
S										
R										

Name :

Address :

Phone: E-mail:

Year	20.....	20.....	20.....	20.....	20.....	20.....	20.....	20.....	20.....	20.....
S										
R										

Name :

Address :

Phone: | E-mail:

Year	20.....	20.....	20.....	20.....	20.....	20.....	20.....	20.....	20.....	20.....
S										
R										

Name :

Address :

Phone: | E-mail:

Year	20.....	20.....	20.....	20.....	20.....	20.....	20.....	20.....	20.....	20.....
S										
R										

Name :

Address :

Phone: | E-mail:

Year	20.....	20.....	20.....	20.....	20.....	20.....	20.....	20.....	20.....	20.....
S										
R										

Name :

Address :

Phone: | E-mail:

Year	20.....	20.....	20.....	20.....	20.....	20.....	20.....	20.....	20.....	20.....
S										
R										

A

Name :

Address :

Phone: E-mail:

Year	20.....	20.....	20.....	20.....	20.....	20.....	20.....	20.....	20.....	20.....
S										
R										

Name :

Address :

Phone: E-mail:

Year	20.....	20.....	20.....	20.....	20.....	20.....	20.....	20.....	20.....	20.....
S										
R										

Name :

Address :

Phone: E-mail:

Year	20.....	20.....	20.....	20.....	20.....	20.....	20.....	20.....	20.....	20.....
S										
R										

Name :

Address :

Phone: E-mail:

Year	20.....	20.....	20.....	20.....	20.....	20.....	20.....	20.....	20.....	20.....
S										
R										

Name :

Address :

Phone: E-mail:

Year	20.....	20.....	20.....	20.....	20.....	20.....	20.....	20.....	20.....	20.....
S										
R										

Name :

Address :

Phone: E-mail:

Year	20.....	20.....	20.....	20.....	20.....	20.....	20.....	20.....	20.....	20.....
S										
R										

Name :

Address :

Phone: E-mail:

Year	20.....	20.....	20.....	20.....	20.....	20.....	20.....	20.....	20.....	20.....
S										
R										

Name :

Address :

Phone: E-mail:

Year	20.....	20.....	20.....	20.....	20.....	20.....	20.....	20.....	20.....	20.....
S										
R										

B

Name :

Address :

Phone: E-mail:

Year	20.....	20.....	20.....	20.....	20.....	20.....	20.....	20.....	20.....	20.....
S										
R										

Name :

Address :

Phone: E-mail:

Year	20.....	20.....	20.....	20.....	20.....	20.....	20.....	20.....	20.....	20.....
S										
R										

Name :

Address :

Phone: E-mail:

Year	20.....	20.....	20.....	20.....	20.....	20.....	20.....	20.....	20.....	20.....
S										
R										

Name :

Address :

Phone: E-mail:

Year	20.....	20.....	20.....	20.....	20.....	20.....	20.....	20.....	20.....	20.....
S										
R										

Name :

Address :

Phone: E-mail:

Year	20.....	20.....	20.....	20.....	20.....	20.....	20.....	20.....	20.....	20.....
S										
R										

Name :

Address :

Phone: E-mail:

Year	20.....	20.....	20.....	20.....	20.....	20.....	20.....	20.....	20.....	20.....
S										
R										

Name :

Address :

Phone: E-mail:

Year	20.....	20.....	20.....	20.....	20.....	20.....	20.....	20.....	20.....	20.....
S										
R										

Name :

Address :

Phone: E-mail:

Year	20.....	20.....	20.....	20.....	20.....	20.....	20.....	20.....	20.....	20.....
S										
R										

B

Name :

Address :

Phone: | E-mail:

Year	20.....	20.....	20.....	20.....	20.....	20.....	20.....	20.....	20.....	20.....
S										
R										

Name :

Address :

Phone: | E-mail:

Year	20.....	20.....	20.....	20.....	20.....	20.....	20.....	20.....	20.....	20.....
S										
R										

Name :

Address :

Phone: | E-mail:

Year	20.....	20.....	20.....	20.....	20.....	20.....	20.....	20.....	20.....	20.....
S										
R										

Name :

Address :

Phone: | E-mail:

Year	20.....	20.....	20.....	20.....	20.....	20.....	20.....	20.....	20.....	20.....
S										
R										

Name :

Address :

Phone: E-mail:

Year	20.....	20.....	20.....	20.....	20.....	20.....	20.....	20.....	20.....	20.....
S										
R										

Name :

Address :

Phone: E-mail:

Year	20.....	20.....	20.....	20.....	20.....	20.....	20.....	20.....	20.....	20.....
S										
R										

Name :

Address :

Phone: E-mail:

Year	20.....	20.....	20.....	20.....	20.....	20.....	20.....	20.....	20.....	20.....
S										
R										

Name :

Address :

Phone: E-mail:

Year	20.....	20.....	20.....	20.....	20.....	20.....	20.....	20.....	20.....	20.....
S										
R										

Name :

Address :

Phone: | E-mail:

Year	20.....	20.....	20.....	20.....	20.....	20.....	20.....	20.....	20.....	20.....
S										
R										

Name :

Address :

Phone: | E-mail:

Year	20.....	20.....	20.....	20.....	20.....	20.....	20.....	20.....	20.....	20.....
S										
R										

Name :

Address :

Phone: | E-mail:

Year	20.....	20.....	20.....	20.....	20.....	20.....	20.....	20.....	20.....	20.....
S										
R										

Name :

Address :

Phone: | E-mail:

Year	20.....	20.....	20.....	20.....	20.....	20.....	20.....	20.....	20.....	20.....
S										
R										

Name :

Address :

Phone: E-mail:

Year	20.....	20.....	20.....	20.....	20.....	20.....	20.....	20.....	20.....	20.....
S										
R										

Name :

Address :

Phone: E-mail:

Year	20.....	20.....	20.....	20.....	20.....	20.....	20.....	20.....	20.....	20.....
S										
R										

Name :

Address :

Phone: E-mail:

Year	20.....	20.....	20.....	20.....	20.....	20.....	20.....	20.....	20.....	20.....
S										
R										

Name :

Address :

Phone: E-mail:

Year	20.....	20.....	20.....	20.....	20.....	20.....	20.....	20.....	20.....	20.....
S										
R										

C

Name :

Address :

Phone: E-mail:

Year	20.....	20.....	20.....	20.....	20.....	20.....	20.....	20.....	20.....	20.....
S										
R										

Name :

Address :

Phone: E-mail:

Year	20.....	20.....	20.....	20.....	20.....	20.....	20.....	20.....	20.....	20.....
S										
R										

Name :

Address :

Phone: E-mail:

Year	20.....	20.....	20.....	20.....	20.....	20.....	20.....	20.....	20.....	20.....
S										
R										

Name :

Address :

Phone: E-mail:

Year	20.....	20.....	20.....	20.....	20.....	20.....	20.....	20.....	20.....	20.....
S										
R										

Name :

Address :

Phone: E-mail:

Year	20.....	20.....	20.....	20.....	20.....	20.....	20.....	20.....	20.....	20.....
S										
R										

Name :

Address :

Phone: E-mail:

Year	20.....	20.....	20.....	20.....	20.....	20.....	20.....	20.....	20.....	20.....
S										
R										

Name :

Address :

Phone: E-mail:

Year	20.....	20.....	20.....	20.....	20.....	20.....	20.....	20.....	20.....	20.....
S										
R										

Name :

Address :

Phone: E-mail:

Year	20.....	20.....	20.....	20.....	20.....	20.....	20.....	20.....	20.....	20.....
S										
R										

D

Name :

Address :

Phone: E-mail:

Year	20.....	20.....	20.....	20.....	20.....	20.....	20.....	20.....	20.....	20.....
S										
R										

Name :

Address :

Phone: E-mail:

Year	20.....	20.....	20.....	20.....	20.....	20.....	20.....	20.....	20.....	20.....
S										
R										

Name :

Address :

Phone: E-mail:

Year	20.....	20.....	20.....	20.....	20.....	20.....	20.....	20.....	20.....	20.....
S										
R										

Name :

Address :

Phone: E-mail:

Year	20.....	20.....	20.....	20.....	20.....	20.....	20.....	20.....	20.....	20.....
S										
R										

Name :

Address :

Phone: E-mail:

Year	20.....	20.....	20.....	20.....	20.....	20.....	20.....	20.....	20.....	20.....
S										
R										

Name :

Address :

Phone: E-mail:

Year	20.....	20.....	20.....	20.....	20.....	20.....	20.....	20.....	20.....	20.....
S										
R										

Name :

Address :

Phone: E-mail:

Year	20.....	20.....	20.....	20.....	20.....	20.....	20.....	20.....	20.....	20.....
S										
R										

Name :

Address :

Phone: E-mail:

Year	20.....	20.....	20.....	20.....	20.....	20.....	20.....	20.....	20.....	20.....
S										
R										

D

Name :

Address :

Phone: E-mail:

Year	20.....	20.....	20.....	20.....	20.....	20.....	20.....	20.....	20.....	20.....
S										
R										

Name :

Address :

Phone: E-mail:

Year	20.....	20.....	20.....	20.....	20.....	20.....	20.....	20.....	20.....	20.....
S										
R										

Name :

Address :

Phone: E-mail:

Year	20.....	20.....	20.....	20.....	20.....	20.....	20.....	20.....	20.....	20.....
S										
R										

Name :

Address :

Phone: E-mail:

Year	20.....	20.....	20.....	20.....	20.....	20.....	20.....	20.....	20.....	20.....
S										
R										

Name :

Address :

Phone: E-mail:

Year	20.....	20.....	20.....	20.....	20.....	20.....	20.....	20.....	20.....	20.....
S										
R										

Name :

Address :

Phone: E-mail:

Year	20.....	20.....	20.....	20.....	20.....	20.....	20.....	20.....	20.....	20.....
S										
R										

Name :

Address :

Phone: E-mail:

Year	20.....	20.....	20.....	20.....	20.....	20.....	20.....	20.....	20.....	20.....
S										
R										

Name :

Address :

Phone: E-mail:

Year	20.....	20.....	20.....	20.....	20.....	20.....	20.....	20.....	20.....	20.....
S										
R										

E

Name :

Address :

Phone: | E-mail:

Year	20.....	20.....	20.....	20.....	20.....	20.....	20.....	20.....	20.....	20.....
S										
R										

Name :

Address :

Phone: | E-mail:

Year	20.....	20.....	20.....	20.....	20.....	20.....	20.....	20.....	20.....	20.....
S										
R										

Name :

Address :

Phone: | E-mail:

Year	20.....	20.....	20.....	20.....	20.....	20.....	20.....	20.....	20.....	20.....
S										
R										

Name :

Address :

Phone: | E-mail:

Year	20.....	20.....	20.....	20.....	20.....	20.....	20.....	20.....	20.....	20.....
S										
R										

Name :

Address :

Phone: E-mail:

Year	20.....	20.....	20.....	20.....	20.....	20.....	20.....	20.....	20.....	20.....
S										
R										

Name :

Address :

Phone: E-mail:

Year	20.....	20.....	20.....	20.....	20.....	20.....	20.....	20.....	20.....	20.....
S										
R										

Name :

Address :

Phone: E-mail:

Year	20.....	20.....	20.....	20.....	20.....	20.....	20.....	20.....	20.....	20.....
S										
R										

Name :

Address :

Phone: E-mail:

Year	20.....	20.....	20.....	20.....	20.....	20.....	20.....	20.....	20.....	20.....
S										
R										

E

Name :

Address :

Phone: E-mail:

Year	20.....	20.....	20.....	20.....	20.....	20.....	20.....	20.....	20.....	20.....
S										
R										

Name :

Address :

Phone: E-mail:

Year	20.....	20.....	20.....	20.....	20.....	20.....	20.....	20.....	20.....	20.....
S										
R										

Name :

Address :

Phone: E-mail:

Year	20.....	20.....	20.....	20.....	20.....	20.....	20.....	20.....	20.....	20.....
S										
R										

Name :

Address :

Phone: E-mail:

Year	20.....	20.....	20.....	20.....	20.....	20.....	20.....	20.....	20.....	20.....
S										
R										

Name :

Address :

Phone: E-mail:

Year	20.....	20.....	20.....	20.....	20.....	20.....	20.....	20.....	20.....	20.....
S										
R										

Name :

Address :

Phone: E-mail:

Year	20.....	20.....	20.....	20.....	20.....	20.....	20.....	20.....	20.....	20.....
S										
R										

Name :

Address :

Phone: E-mail:

Year	20.....	20.....	20.....	20.....	20.....	20.....	20.....	20.....	20.....	20.....
S										
R										

Name :

Address :

Phone: E-mail:

Year	20.....	20.....	20.....	20.....	20.....	20.....	20.....	20.....	20.....	20.....
S										
R										

F

Name :

Address :

Phone: E-mail:

Year	20.....	20.....	20.....	20.....	20.....	20.....	20.....	20.....	20.....	20.....
S										
R										

Name :

Address :

Phone: E-mail:

Year	20.....	20.....	20.....	20.....	20.....	20.....	20.....	20.....	20.....	20.....
S										
R										

Name :

Address :

Phone: E-mail:

Year	20.....	20.....	20.....	20.....	20.....	20.....	20.....	20.....	20.....	20.....
S										
R										

Name :

Address :

Phone: E-mail:

Year	20.....	20.....	20.....	20.....	20.....	20.....	20.....	20.....	20.....	20.....
S										
R										

Name :

Address :

Phone: E-mail:

Year	20.....	20.....	20.....	20.....	20.....	20.....	20.....	20.....	20.....	20.....
S										
R										

Name :

Address :

Phone: E-mail:

Year	20.....	20.....	20.....	20.....	20.....	20.....	20.....	20.....	20.....	20.....
S										
R										

Name :

Address :

Phone: E-mail:

Year	20.....	20.....	20.....	20.....	20.....	20.....	20.....	20.....	20.....	20.....
S										
R										

Name :

Address :

Phone: E-mail:

Year	20.....	20.....	20.....	20.....	20.....	20.....	20.....	20.....	20.....	20.....
S										
R										

F

Name :

Address :

Phone: E-mail:

Year	20.....	20.....	20.....	20.....	20.....	20.....	20.....	20.....	20.....	20.....
S										
R										

Name :

Address :

Phone: E-mail:

Year	20.....	20.....	20.....	20.....	20.....	20.....	20.....	20.....	20.....	20.....
S										
R										

Name :

Address :

Phone: E-mail:

Year	20.....	20.....	20.....	20.....	20.....	20.....	20.....	20.....	20.....	20.....
S										
R										

Name :

Address :

Phone: E-mail:

Year	20.....	20.....	20.....	20.....	20.....	20.....	20.....	20.....	20.....	20.....
S										
R										

Name :

Address :

Phone: E-mail:

Year	20.....	20.....	20.....	20.....	20.....	20.....	20.....	20.....	20.....	20.....
S										
R										

Name :

Address :

Phone: E-mail:

Year	20.....	20.....	20.....	20.....	20.....	20.....	20.....	20.....	20.....	20.....
S										
R										

Name :

Address :

Phone: E-mail:

Year	20.....	20.....	20.....	20.....	20.....	20.....	20.....	20.....	20.....	20.....
S										
R										

Name :

Address :

Phone: E-mail:

Year	20.....	20.....	20.....	20.....	20.....	20.....	20.....	20.....	20.....	20.....
S										
R										

G

Name :

Address :

Phone: | E-mail:

Year	20.....	20.....	20.....	20.....	20.....	20.....	20.....	20.....	20.....	20.....
S										
R										

Name :

Address :

Phone: | E-mail:

Year	20.....	20.....	20.....	20.....	20.....	20.....	20.....	20.....	20.....	20.....
S										
R										

Name :

Address :

Phone: | E-mail:

Year	20.....	20.....	20.....	20.....	20.....	20.....	20.....	20.....	20.....	20.....
S										
R										

Name :

Address :

Phone: | E-mail:

Year	20.....	20.....	20.....	20.....	20.....	20.....	20.....	20.....	20.....	20.....
S										
R										

Name :

Address :

Phone: E-mail:

Year	20.....	20.....	20.....	20.....	20.....	20.....	20.....	20.....	20.....	20.....
S										
R										

Name :

Address :

Phone: E-mail:

Year	20.....	20.....	20.....	20.....	20.....	20.....	20.....	20.....	20.....	20.....
S										
R										

Name :

Address :

Phone: E-mail:

Year	20.....	20.....	20.....	20.....	20.....	20.....	20.....	20.....	20.....	20.....
S										
R										

Name :

Address :

Phone: E-mail:

Year	20.....	20.....	20.....	20.....	20.....	20.....	20.....	20.....	20.....	20.....
S										
R										

G

Name :

Address :

Phone: E-mail:

Year	20.....	20.....	20.....	20.....	20.....	20.....	20.....	20.....	20.....	20.....
S										
R										

Name :

Address :

Phone: E-mail:

Year	20.....	20.....	20.....	20.....	20.....	20.....	20.....	20.....	20.....	20.....
S										
R										

Name :

Address :

Phone: E-mail:

Year	20.....	20.....	20.....	20.....	20.....	20.....	20.....	20.....	20.....	20.....
S										
R										

Name :

Address :

Phone: E-mail:

Year	20.....	20.....	20.....	20.....	20.....	20.....	20.....	20.....	20.....	20.....
S										
R										

Name :

Address :

Phone: | E-mail:

Year	20.....	20.....	20.....	20.....	20.....	20.....	20.....	20.....	20.....	20.....
S										
R										

Name :

Address :

Phone: | E-mail:

Year	20.....	20.....	20.....	20.....	20.....	20.....	20.....	20.....	20.....	20.....
S										
R										

Name :

Address :

Phone: | E-mail:

Year	20.....	20.....	20.....	20.....	20.....	20.....	20.....	20.....	20.....	20.....
S										
R										

Name :

Address :

Phone: | E-mail:

Year	20.....	20.....	20.....	20.....	20.....	20.....	20.....	20.....	20.....	20.....
S										
R										

Name :

Address :

Phone: E-mail:

Year	20.....	20.....	20.....	20.....	20.....	20.....	20.....	20.....	20.....	20.....
S										
R										

Name :

Address :

Phone: E-mail:

Year	20.....	20.....	20.....	20.....	20.....	20.....	20.....	20.....	20.....	20.....
S										
R										

Name :

Address :

Phone: E-mail:

Year	20.....	20.....	20.....	20.....	20.....	20.....	20.....	20.....	20.....	20.....
S										
R										

Name :

Address :

Phone: E-mail:

Year	20.....	20.....	20.....	20.....	20.....	20.....	20.....	20.....	20.....	20.....
S										
R										

Name :

Address :

Phone: E-mail:

Year	20.....	20.....	20.....	20.....	20.....	20.....	20.....	20.....	20.....	20.....
S										
R										

Name :

Address :

Phone: E-mail:

Year	20.....	20.....	20.....	20.....	20.....	20.....	20.....	20.....	20.....	20.....
S										
R										

Name :

Address :

Phone: E-mail:

Year	20.....	20.....	20.....	20.....	20.....	20.....	20.....	20.....	20.....	20.....
S										
R										

Name :

Address :

Phone: E-mail:

Year	20.....	20.....	20.....	20.....	20.....	20.....	20.....	20.....	20.....	20.....
S										
R										

H

Name :

Address :

Phone: E-mail:

Year	20.....	20.....	20.....	20.....	20.....	20.....	20.....	20.....	20.....	20.....
S										
R										

Name :

Address :

Phone: E-mail:

Year	20.....	20.....	20.....	20.....	20.....	20.....	20.....	20.....	20.....	20.....
S										
R										

Name :

Address :

Phone: E-mail:

Year	20.....	20.....	20.....	20.....	20.....	20.....	20.....	20.....	20.....	20.....
S										
R										

Name :

Address :

Phone: E-mail:

Year	20.....	20.....	20.....	20.....	20.....	20.....	20.....	20.....	20.....	20.....
S										
R										

Name :

Address :

Phone: E-mail:

Year	20.....	20.....	20.....	20.....	20.....	20.....	20.....	20.....	20.....	20.....
S										
R										

Name :

Address :

Phone: E-mail:

Year	20.....	20.....	20.....	20.....	20.....	20.....	20.....	20.....	20.....	20.....
S										
R										

Name :

Address :

Phone: E-mail:

Year	20.....	20.....	20.....	20.....	20.....	20.....	20.....	20.....	20.....	20.....
S										
R										

Name :

Address :

Phone: E-mail:

Year	20.....	20.....	20.....	20.....	20.....	20.....	20.....	20.....	20.....	20.....
S										
R										

I

Name :

Address :

Phone: E-mail:

Year	20.....	20.....	20.....	20.....	20.....	20.....	20.....	20.....	20.....	20.....
S										
R										

Name :

Address :

Phone: E-mail:

Year	20.....	20.....	20.....	20.....	20.....	20.....	20.....	20.....	20.....	20.....
S										
R										

Name :

Address :

Phone: E-mail:

Year	20.....	20.....	20.....	20.....	20.....	20.....	20.....	20.....	20.....	20.....
S										
R										

Name :

Address :

Phone: E-mail:

Year	20.....	20.....	20.....	20.....	20.....	20.....	20.....	20.....	20.....	20.....
S										
R										

Name :

Address :

Phone: E-mail:

Year	20.....	20.....	20.....	20.....	20.....	20.....	20.....	20.....	20.....	20.....
S										
R										

Name :

Address :

Phone: E-mail:

Year	20.....	20.....	20.....	20.....	20.....	20.....	20.....	20.....	20.....	20.....
S										
R										

Name :

Address :

Phone: E-mail:

Year	20.....	20.....	20.....	20.....	20.....	20.....	20.....	20.....	20.....	20.....
S										
R										

Name :

Address :

Phone: E-mail:

Year	20.....	20.....	20.....	20.....	20.....	20.....	20.....	20.....	20.....	20.....
S										
R										

I

Name :

Address :

Phone: E-mail:

Year	20.....	20.....	20.....	20.....	20.....	20.....	20.....	20.....	20.....	20.....
S										
R										

Name :

Address :

Phone: E-mail:

Year	20.....	20.....	20.....	20.....	20.....	20.....	20.....	20.....	20.....	20.....
S										
R										

Name :

Address :

Phone: E-mail:

Year	20.....	20.....	20.....	20.....	20.....	20.....	20.....	20.....	20.....	20.....
S										
R										

Name :

Address :

Phone: E-mail:

Year	20.....	20.....	20.....	20.....	20.....	20.....	20.....	20.....	20.....	20.....
S										
R										

Name :

Address :

Phone: E-mail:

Year	20.....	20.....	20.....	20.....	20.....	20.....	20.....	20.....	20.....	20.....
S										
R										

Name :

Address :

Phone: E-mail:

Year	20.....	20.....	20.....	20.....	20.....	20.....	20.....	20.....	20.....	20.....
S										
R										

Name :

Address :

Phone: E-mail:

Year	20.....	20.....	20.....	20.....	20.....	20.....	20.....	20.....	20.....	20.....
S										
R										

Name :

Address :

Phone: E-mail:

Year	20.....	20.....	20.....	20.....	20.....	20.....	20.....	20.....	20.....	20.....
S										
R										

J

Name :

Address :

Phone: E-mail:

Year	20.....	20.....	20.....	20.....	20.....	20.....	20.....	20.....	20.....	20.....
S										
R										

Name :

Address :

Phone: E-mail:

Year	20.....	20.....	20.....	20.....	20.....	20.....	20.....	20.....	20.....	20.....
S										
R										

Name :

Address :

Phone: E-mail:

Year	20.....	20.....	20.....	20.....	20.....	20.....	20.....	20.....	20.....	20.....
S										
R										

Name :

Address :

Phone: E-mail:

Year	20.....	20.....	20.....	20.....	20.....	20.....	20.....	20.....	20.....	20.....
S										
R										

Name :

Address :

Phone: E-mail:

Year	20.....	20.....	20.....	20.....	20.....	20.....	20.....	20.....	20.....	20.....
S										
R										

Name :

Address :

Phone: E-mail:

Year	20.....	20.....	20.....	20.....	20.....	20.....	20.....	20.....	20.....	20.....
S										
R										

Name :

Address :

Phone: E-mail:

Year	20.....	20.....	20.....	20.....	20.....	20.....	20.....	20.....	20.....	20.....
S										
R										

Name :

Address :

Phone: E-mail:

Year	20.....	20.....	20.....	20.....	20.....	20.....	20.....	20.....	20.....	20.....
S										
R										

J

Name :

Address :

Phone: E-mail:

Year	20.....	20.....	20.....	20.....	20.....	20.....	20.....	20.....	20.....	20.....
S										
R										

Name :

Address :

Phone: E-mail:

Year	20.....	20.....	20.....	20.....	20.....	20.....	20.....	20.....	20.....	20.....
S										
R										

Name :

Address :

Phone: E-mail:

Year	20.....	20.....	20.....	20.....	20.....	20.....	20.....	20.....	20.....	20.....
S										
R										

Name :

Address :

Phone: E-mail:

Year	20.....	20.....	20.....	20.....	20.....	20.....	20.....	20.....	20.....	20.....
S										
R										

Name :

Address :

Phone: E-mail:

Year	20.....	20.....	20.....	20.....	20.....	20.....	20.....	20.....	20.....	20.....
S										
R										

Name :

Address :

Phone: E-mail:

Year	20.....	20.....	20.....	20.....	20.....	20.....	20.....	20.....	20.....	20.....
S										
R										

Name :

Address :

Phone: E-mail:

Year	20.....	20.....	20.....	20.....	20.....	20.....	20.....	20.....	20.....	20.....
S										
R										

Name :

Address :

Phone: E-mail:

Year	20.....	20.....	20.....	20.....	20.....	20.....	20.....	20.....	20.....	20.....
S										
R										

Name :

Address :

Phone: E-mail:

Year	20.....	20.....	20.....	20.....	20.....	20.....	20.....	20.....	20.....	20.....
S										
R										

Name :

Address :

Phone: E-mail:

Year	20.....	20.....	20.....	20.....	20.....	20.....	20.....	20.....	20.....	20.....
S										
R										

Name :

Address :

Phone: E-mail:

Year	20.....	20.....	20.....	20.....	20.....	20.....	20.....	20.....	20.....	20.....
S										
R										

Name :

Address :

Phone: E-mail:

Year	20.....	20.....	20.....	20.....	20.....	20.....	20.....	20.....	20.....	20.....
S										
R										

Name :

Address :

Phone: E-mail:

Year	20.....	20.....	20.....	20.....	20.....	20.....	20.....	20.....	20.....	20.....
S										
R										

Name :

Address :

Phone: E-mail:

Year	20.....	20.....	20.....	20.....	20.....	20.....	20.....	20.....	20.....	20.....
S										
R										

Name :

Address :

Phone: E-mail:

Year	20.....	20.....	20.....	20.....	20.....	20.....	20.....	20.....	20.....	20.....
S										
R										

Name :

Address :

Phone: E-mail:

Year	20.....	20.....	20.....	20.....	20.....	20.....	20.....	20.....	20.....	20.....
S										
R										

K

Name :

Address :

Phone: | E-mail:

Year	20.....	20.....	20.....	20.....	20.....	20.....	20.....	20.....	20.....	20.....
S										
R										

Name :

Address :

Phone: | E-mail:

Year	20.....	20.....	20.....	20.....	20.....	20.....	20.....	20.....	20.....	20.....
S										
R										

Name :

Address :

Phone: | E-mail:

Year	20.....	20.....	20.....	20.....	20.....	20.....	20.....	20.....	20.....	20.....
S										
R										

Name :

Address :

Phone: | E-mail:

Year	20.....	20.....	20.....	20.....	20.....	20.....	20.....	20.....	20.....	20.....
S										
R										

Name :

Address :

Phone: E-mail:

Year	20.....	20.....	20.....	20.....	20.....	20.....	20.....	20.....	20.....	20.....
S										
R										

Name :

Address :

Phone: E-mail:

Year	20.....	20.....	20.....	20.....	20.....	20.....	20.....	20.....	20.....	20.....
S										
R										

Name :

Address :

Phone: E-mail:

Year	20.....	20.....	20.....	20.....	20.....	20.....	20.....	20.....	20.....	20.....
S										
R										

Name :

Address :

Phone: E-mail:

Year	20.....	20.....	20.....	20.....	20.....	20.....	20.....	20.....	20.....	20.....
S										
R										

Name :

Address :

Phone: E-mail:

Year	20.....	20.....	20.....	20.....	20.....	20.....	20.....	20.....	20.....	20.....
S										
R										

Name :

Address :

Phone: E-mail:

Year	20.....	20.....	20.....	20.....	20.....	20.....	20.....	20.....	20.....	20.....
S										
R										

Name :

Address :

Phone: E-mail:

Year	20.....	20.....	20.....	20.....	20.....	20.....	20.....	20.....	20.....	20.....
S										
R										

Name :

Address :

Phone: E-mail:

Year	20.....	20.....	20.....	20.....	20.....	20.....	20.....	20.....	20.....	20.....
S										
R										

Name :

Address :

Phone: E-mail:

Year	20.....	20.....	20.....	20.....	20.....	20.....	20.....	20.....	20.....	20.....
S										
R										

Name :

Address :

Phone: E-mail:

Year	20.....	20.....	20.....	20.....	20.....	20.....	20.....	20.....	20.....	20.....
S										
R										

Name :

Address :

Phone: E-mail:

Year	20.....	20.....	20.....	20.....	20.....	20.....	20.....	20.....	20.....	20.....
S										
R										

Name :

Address :

Phone: E-mail:

Year	20.....	20.....	20.....	20.....	20.....	20.....	20.....	20.....	20.....	20.....
S										
R										

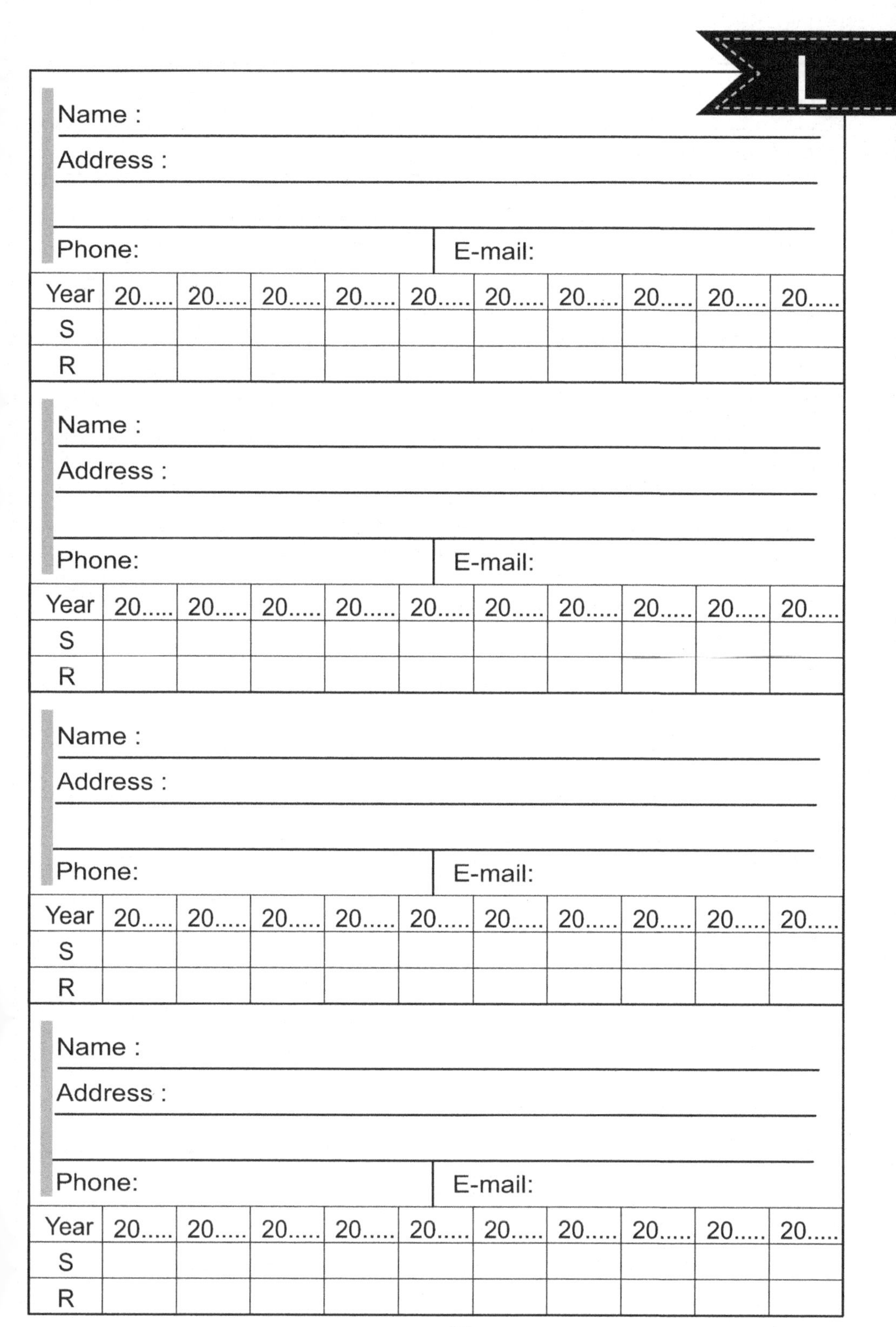

L

Name :

Address :

Phone: E-mail:

Year	20.....	20.....	20.....	20.....	20.....	20.....	20.....	20.....	20.....	20.....
S										
R										

Name :

Address :

Phone: E-mail:

Year	20.....	20.....	20.....	20.....	20.....	20.....	20.....	20.....	20.....	20.....
S										
R										

Name :

Address :

Phone: E-mail:

Year	20.....	20.....	20.....	20.....	20.....	20.....	20.....	20.....	20.....	20.....
S										
R										

Name :

Address :

Phone: E-mail:

Year	20.....	20.....	20.....	20.....	20.....	20.....	20.....	20.....	20.....	20.....
S										
R										

Name :

Address :

Phone: | E-mail:

Year	20.....	20.....	20.....	20.....	20.....	20.....	20.....	20.....	20.....	20.....
S										
R										

Name :

Address :

Phone: | E-mail:

Year	20.....	20.....	20.....	20.....	20.....	20.....	20.....	20.....	20.....	20.....
S										
R										

Name :

Address :

Phone: | E-mail:

Year	20.....	20.....	20.....	20.....	20.....	20.....	20.....	20.....	20.....	20.....
S										
R										

Name :

Address :

Phone: | E-mail:

Year	20.....	20.....	20.....	20.....	20.....	20.....	20.....	20.....	20.....	20.....
S										
R										

M

Name :

Address :

Phone: E-mail:

Year	20.....	20.....	20.....	20.....	20.....	20.....	20.....	20.....	20.....	20.....
S										
R										

Name :

Address :

Phone: E-mail:

Year	20.....	20.....	20.....	20.....	20.....	20.....	20.....	20.....	20.....	20.....
S										
R										

Name :

Address :

Phone: E-mail:

Year	20.....	20.....	20.....	20.....	20.....	20.....	20.....	20.....	20.....	20.....
S										
R										

Name :

Address :

Phone: E-mail:

Year	20.....	20.....	20.....	20.....	20.....	20.....	20.....	20.....	20.....	20.....
S										
R										

Name :

Address :

Phone: E-mail:

Year	20.....	20.....	20.....	20.....	20.....	20.....	20.....	20.....	20.....	20.....
S										
R										

Name :

Address :

Phone: E-mail:

Year	20.....	20.....	20.....	20.....	20.....	20.....	20.....	20.....	20.....	20.....
S										
R										

Name :

Address :

Phone: E-mail:

Year	20.....	20.....	20.....	20.....	20.....	20.....	20.....	20.....	20.....	20.....
S										
R										

Name :

Address :

Phone: E-mail:

Year	20.....	20.....	20.....	20.....	20.....	20.....	20.....	20.....	20.....	20.....
S										
R										

M

Name :

Address :

Phone: E-mail:

Year	20.....	20.....	20.....	20.....	20.....	20.....	20.....	20.....	20.....	20.....
S										
R										

Name :

Address :

Phone: E-mail:

Year	20.....	20.....	20.....	20.....	20.....	20.....	20.....	20.....	20.....	20.....
S										
R										

Name :

Address :

Phone: E-mail:

Year	20.....	20.....	20.....	20.....	20.....	20.....	20.....	20.....	20.....	20.....
S										
R										

Name :

Address :

Phone: E-mail:

Year	20.....	20.....	20.....	20.....	20.....	20.....	20.....	20.....	20.....	20.....
S										
R										

Name :

Address :

Phone: | E-mail:

Year	20.....	20.....	20.....	20.....	20.....	20.....	20.....	20.....	20.....	20.....
S										
R										

Name :

Address :

Phone: | E-mail:

Year	20.....	20.....	20.....	20.....	20.....	20.....	20.....	20.....	20.....	20.....
S										
R										

Name :

Address :

Phone: | E-mail:

Year	20.....	20.....	20.....	20.....	20.....	20.....	20.....	20.....	20.....	20.....
S										
R										

Name :

Address :

Phone: | E-mail:

Year	20.....	20.....	20.....	20.....	20.....	20.....	20.....	20.....	20.....	20.....
S										
R										

N

Name :

Address :

Phone: E-mail:

Year	20.....	20.....	20.....	20.....	20.....	20.....	20.....	20.....	20.....	20.....
S										
R										

Name :

Address :

Phone: E-mail:

Year	20.....	20.....	20.....	20.....	20.....	20.....	20.....	20.....	20.....	20.....
S										
R										

Name :

Address :

Phone: E-mail:

Year	20.....	20.....	20.....	20.....	20.....	20.....	20.....	20.....	20.....	20.....
S										
R										

Name :

Address :

Phone: E-mail:

Year	20.....	20.....	20.....	20.....	20.....	20.....	20.....	20.....	20.....	20.....
S										
R										

Name :

Address :

Phone: E-mail:

Year	20.....	20.....	20.....	20.....	20.....	20.....	20.....	20.....	20.....	20.....
S										
R										

Name :

Address :

Phone: E-mail:

Year	20.....	20.....	20.....	20.....	20.....	20.....	20.....	20.....	20.....	20.....
S										
R										

Name :

Address :

Phone: E-mail:

Year	20.....	20.....	20.....	20.....	20.....	20.....	20.....	20.....	20.....	20.....
S										
R										

Name :

Address :

Phone: E-mail:

Year	20.....	20.....	20.....	20.....	20.....	20.....	20.....	20.....	20.....	20.....
S										
R										

N

Name :

Address :

Phone: E-mail:

Year	20.....	20.....	20.....	20.....	20.....	20.....	20.....	20.....	20.....	20.....
S										
R										

Name :

Address :

Phone: E-mail:

Year	20.....	20.....	20.....	20.....	20.....	20.....	20.....	20.....	20.....	20.....
S										
R										

Name :

Address :

Phone: E-mail:

Year	20.....	20.....	20.....	20.....	20.....	20.....	20.....	20.....	20.....	20.....
S										
R										

Name :

Address :

Phone: E-mail:

Year	20.....	20.....	20.....	20.....	20.....	20.....	20.....	20.....	20.....	20.....
S										
R										

Name :

Address :

Phone: E-mail:

Year	20.....	20.....	20.....	20.....	20.....	20.....	20.....	20.....	20.....	20.....
S										
R										

Name :

Address :

Phone: E-mail:

Year	20.....	20.....	20.....	20.....	20.....	20.....	20.....	20.....	20.....	20.....
S										
R										

Name :

Address :

Phone: E-mail:

Year	20.....	20.....	20.....	20.....	20.....	20.....	20.....	20.....	20.....	20.....
S										
R										

Name :

Address :

Phone: E-mail:

Year	20.....	20.....	20.....	20.....	20.....	20.....	20.....	20.....	20.....	20.....
S										
R										

O

Name :

Address :

Phone: | E-mail:

Year	20.....	20.....	20.....	20.....	20.....	20.....	20.....	20.....	20.....	20.....
S										
R										

Name :

Address :

Phone: | E-mail:

Year	20.....	20.....	20.....	20.....	20.....	20.....	20.....	20.....	20.....	20.....
S										
R										

Name :

Address :

Phone: | E-mail:

Year	20.....	20.....	20.....	20.....	20.....	20.....	20.....	20.....	20.....	20.....
S										
R										

Name :

Address :

Phone: | E-mail:

Year	20.....	20.....	20.....	20.....	20.....	20.....	20.....	20.....	20.....	20.....
S										
R										

Name :

Address :

Phone: E-mail:

Year	20.....	20.....	20.....	20.....	20.....	20.....	20.....	20.....	20.....	20.....
S										
R										

Name :

Address :

Phone: E-mail:

Year	20.....	20.....	20.....	20.....	20.....	20.....	20.....	20.....	20.....	20.....
S										
R										

Name :

Address :

Phone: E-mail:

Year	20.....	20.....	20.....	20.....	20.....	20.....	20.....	20.....	20.....	20.....
S										
R										

Name :

Address :

Phone: E-mail:

Year	20.....	20.....	20.....	20.....	20.....	20.....	20.....	20.....	20.....	20.....
S										
R										

O

Name :

Address :

Phone: E-mail:

Year	20.....	20.....	20.....	20.....	20.....	20.....	20.....	20.....	20.....	20.....
S										
R										

Name :

Address :

Phone: E-mail:

Year	20.....	20.....	20.....	20.....	20.....	20.....	20.....	20.....	20.....	20.....
S										
R										

Name :

Address :

Phone: E-mail:

Year	20.....	20.....	20.....	20.....	20.....	20.....	20.....	20.....	20.....	20.....
S										
R										

Name :

Address :

Phone: E-mail:

Year	20.....	20.....	20.....	20.....	20.....	20.....	20.....	20.....	20.....	20.....
S										
R										

Name :

Address :

Phone: E-mail:

Year	20.....	20.....	20.....	20.....	20.....	20.....	20.....	20.....	20.....	20.....
S										
R										

Name :

Address :

Phone: E-mail:

Year	20.....	20.....	20.....	20.....	20.....	20.....	20.....	20.....	20.....	20.....
S										
R										

Name :

Address :

Phone: E-mail:

Year	20.....	20.....	20.....	20.....	20.....	20.....	20.....	20.....	20.....	20.....
S										
R										

Name :

Address :

Phone: E-mail:

Year	20.....	20.....	20.....	20.....	20.....	20.....	20.....	20.....	20.....	20.....
S										
R										

P

Name :

Address :

Phone: E-mail:

Year	20.....	20.....	20.....	20.....	20.....	20.....	20.....	20.....	20.....	20.....
S										
R										

Name :

Address :

Phone: E-mail:

Year	20.....	20.....	20.....	20.....	20.....	20.....	20.....	20.....	20.....	20.....
S										
R										

Name :

Address :

Phone: E-mail:

Year	20.....	20.....	20.....	20.....	20.....	20.....	20.....	20.....	20.....	20.....
S										
R										

Name :

Address :

Phone: E-mail:

Year	20.....	20.....	20.....	20.....	20.....	20.....	20.....	20.....	20.....	20.....
S										
R										

Name :

Address :

Phone: | E-mail:

Year	20.....	20.....	20.....	20.....	20.....	20.....	20.....	20.....	20.....	20.....
S										
R										

Name :

Address :

Phone: | E-mail:

Year	20.....	20.....	20.....	20.....	20.....	20.....	20.....	20.....	20.....	20.....
S										
R										

Name :

Address :

Phone: | E-mail:

Year	20.....	20.....	20.....	20.....	20.....	20.....	20.....	20.....	20.....	20.....
S										
R										

Name :

Address :

Phone: | E-mail:

Year	20.....	20.....	20.....	20.....	20.....	20.....	20.....	20.....	20.....	20.....
S										
R										

P

Name :

Address :

Phone: E-mail:

Year	20.....	20.....	20.....	20.....	20.....	20.....	20.....	20.....	20.....	20.....
S										
R										

Name :

Address :

Phone: E-mail:

Year	20.....	20.....	20.....	20.....	20.....	20.....	20.....	20.....	20.....	20.....
S										
R										

Name :

Address :

Phone: E-mail:

Year	20.....	20.....	20.....	20.....	20.....	20.....	20.....	20.....	20.....	20.....
S										
R										

Name :

Address :

Phone: E-mail:

Year	20.....	20.....	20.....	20.....	20.....	20.....	20.....	20.....	20.....	20.....
S										
R										

Name :

Address :

Phone: E-mail:

Year	20.....	20.....	20.....	20.....	20.....	20.....	20.....	20.....	20.....	20.....
S										
R										

Name :

Address :

Phone: E-mail:

Year	20.....	20.....	20.....	20.....	20.....	20.....	20.....	20.....	20.....	20.....
S										
R										

Name :

Address :

Phone: E-mail:

Year	20.....	20.....	20.....	20.....	20.....	20.....	20.....	20.....	20.....	20.....
S										
R										

Name :

Address :

Phone: E-mail:

Year	20.....	20.....	20.....	20.....	20.....	20.....	20.....	20.....	20.....	20.....
S										
R										

Q

Name :

Address :

Phone: E-mail:

Year	20.....	20.....	20.....	20.....	20.....	20.....	20.....	20.....	20.....	20.....
S										
R										

Name :

Address :

Phone: E-mail:

Year	20.....	20.....	20.....	20.....	20.....	20.....	20.....	20.....	20.....	20.....
S										
R										

Name :

Address :

Phone: E-mail:

Year	20.....	20.....	20.....	20.....	20.....	20.....	20.....	20.....	20.....	20.....
S										
R										

Name :

Address :

Phone: E-mail:

Year	20.....	20.....	20.....	20.....	20.....	20.....	20.....	20.....	20.....	20.....
S										
R										

Name :

Address :

Phone: E-mail:

Year	20.....	20.....	20.....	20.....	20.....	20.....	20.....	20.....	20.....	20.....
S										
R										

Name :

Address :

Phone: E-mail:

Year	20.....	20.....	20.....	20.....	20.....	20.....	20.....	20.....	20.....	20.....
S										
R										

Name :

Address :

Phone: E-mail:

Year	20.....	20.....	20.....	20.....	20.....	20.....	20.....	20.....	20.....	20.....
S										
R										

Name :

Address :

Phone: E-mail:

Year	20.....	20.....	20.....	20.....	20.....	20.....	20.....	20.....	20.....	20.....
S										
R										

Q

Name :

Address :

Phone: E-mail:

Year	20.....	20.....	20.....	20.....	20.....	20.....	20.....	20.....	20.....	20.....
S										
R										

Name :

Address :

Phone: E-mail:

Year	20.....	20.....	20.....	20.....	20.....	20.....	20.....	20.....	20.....	20.....
S										
R										

Name :

Address :

Phone: E-mail:

Year	20.....	20.....	20.....	20.....	20.....	20.....	20.....	20.....	20.....	20.....
S										
R										

Name :

Address :

Phone: E-mail:

Year	20.....	20.....	20.....	20.....	20.....	20.....	20.....	20.....	20.....	20.....
S										
R										

Name :

Address :

Phone: E-mail:

Year	20.....	20.....	20.....	20.....	20.....	20.....	20.....	20.....	20.....	20.....
S										
R										

Name :

Address :

Phone: E-mail:

Year	20.....	20.....	20.....	20.....	20.....	20.....	20.....	20.....	20.....	20.....
S										
R										

Name :

Address :

Phone: E-mail:

Year	20.....	20.....	20.....	20.....	20.....	20.....	20.....	20.....	20.....	20.....
S										
R										

Name :

Address :

Phone: E-mail:

Year	20.....	20.....	20.....	20.....	20.....	20.....	20.....	20.....	20.....	20.....
S										
R										

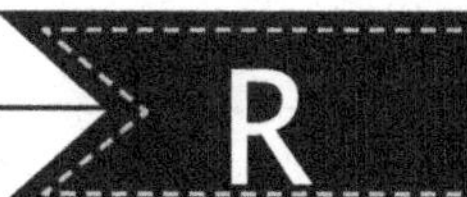

Name :

Address :

Phone: E-mail:

Year	20.....	20.....	20.....	20.....	20.....	20.....	20.....	20.....	20.....	20.....
S										
R										

Name :

Address :

Phone: E-mail:

Year	20.....	20.....	20.....	20.....	20.....	20.....	20.....	20.....	20.....	20.....
S										
R										

Name :

Address :

Phone: E-mail:

Year	20.....	20.....	20.....	20.....	20.....	20.....	20.....	20.....	20.....	20.....
S										
R										

Name :

Address :

Phone: E-mail:

Year	20.....	20.....	20.....	20.....	20.....	20.....	20.....	20.....	20.....	20.....
S										
R										

Name :

Address :

Phone: E-mail:

Year	20.....	20.....	20.....	20.....	20.....	20.....	20.....	20.....	20.....	20.....
S										
R										

Name :

Address :

Phone: E-mail:

Year	20.....	20.....	20.....	20.....	20.....	20.....	20.....	20.....	20.....	20.....
S										
R										

Name :

Address :

Phone: E-mail:

Year	20.....	20.....	20.....	20.....	20.....	20.....	20.....	20.....	20.....	20.....
S										
R										

Name :

Address :

Phone: E-mail:

Year	20.....	20.....	20.....	20.....	20.....	20.....	20.....	20.....	20.....	20.....
S										
R										

R

Name :

Address :

Phone: E-mail:

Year	20.....	20.....	20.....	20.....	20.....	20.....	20.....	20.....	20.....	20.....
S										
R										

Name :

Address :

Phone: E-mail:

Year	20.....	20.....	20.....	20.....	20.....	20.....	20.....	20.....	20.....	20.....
S										
R										

Name :

Address :

Phone: E-mail:

Year	20.....	20.....	20.....	20.....	20.....	20.....	20.....	20.....	20.....	20.....
S										
R										

Name :

Address :

Phone: E-mail:

Year	20.....	20.....	20.....	20.....	20.....	20.....	20.....	20.....	20.....	20.....
S										
R										

Name :

Address :

Phone: E-mail:

Year	20.....	20.....	20.....	20.....	20.....	20.....	20.....	20.....	20.....	20.....
S										
R										

Name :

Address :

Phone: E-mail:

Year	20.....	20.....	20.....	20.....	20.....	20.....	20.....	20.....	20.....	20.....
S										
R										

Name :

Address :

Phone: E-mail:

Year	20.....	20.....	20.....	20.....	20.....	20.....	20.....	20.....	20.....	20.....
S										
R										

Name :

Address :

Phone: E-mail:

Year	20.....	20.....	20.....	20.....	20.....	20.....	20.....	20.....	20.....	20.....
S										
R										

S

Name :

Address :

Phone: E-mail:

Year	20.....	20.....	20.....	20.....	20.....	20.....	20.....	20.....	20.....	20.....
S										
R										

Name :

Address :

Phone: E-mail:

Year	20.....	20.....	20.....	20.....	20.....	20.....	20.....	20.....	20.....	20.....
S										
R										

Name :

Address :

Phone: E-mail:

Year	20.....	20.....	20.....	20.....	20.....	20.....	20.....	20.....	20.....	20.....
S										
R										

Name :

Address :

Phone: E-mail:

Year	20.....	20.....	20.....	20.....	20.....	20.....	20.....	20.....	20.....	20.....
S										
R										

Name :

Address :

Phone: E-mail:

Year	20.....	20.....	20.....	20.....	20.....	20.....	20.....	20.....	20.....	20.....
S										
R										

Name :

Address :

Phone: E-mail:

Year	20.....	20.....	20.....	20.....	20.....	20.....	20.....	20.....	20.....	20.....
S										
R										

Name :

Address :

Phone: E-mail:

Year	20.....	20.....	20.....	20.....	20.....	20.....	20.....	20.....	20.....	20.....
S										
R										

Name :

Address :

Phone: E-mail:

Year	20.....	20.....	20.....	20.....	20.....	20.....	20.....	20.....	20.....	20.....
S										
R										

Name :

Address :

Phone: E-mail:

Year	20.....	20.....	20.....	20.....	20.....	20.....	20.....	20.....	20.....	20.....
S										
R										

Name :

Address :

Phone: E-mail:

Year	20.....	20.....	20.....	20.....	20.....	20.....	20.....	20.....	20.....	20.....
S										
R										

Name :

Address :

Phone: E-mail:

Year	20.....	20.....	20.....	20.....	20.....	20.....	20.....	20.....	20.....	20.....
S										
R										

Name :

Address :

Phone: E-mail:

Year	20.....	20.....	20.....	20.....	20.....	20.....	20.....	20.....	20.....	20.....
S										
R										

Name :

Address :

Phone: | E-mail:

Year	20.....	20.....	20.....	20.....	20.....	20.....	20.....	20.....	20.....	20.....
S										
R										

Name :

Address :

Phone: | E-mail:

Year	20.....	20.....	20.....	20.....	20.....	20.....	20.....	20.....	20.....	20.....
S										
R										

Name :

Address :

Phone: | E-mail:

Year	20.....	20.....	20.....	20.....	20.....	20.....	20.....	20.....	20.....	20.....
S										
R										

Name :

Address :

Phone: | E-mail:

Year	20.....	20.....	20.....	20.....	20.....	20.....	20.....	20.....	20.....	20.....
S										
R										

T

Name :

Address :

Phone: E-mail:

Year	20.....	20.....	20.....	20.....	20.....	20.....	20.....	20.....	20.....	20.....
S										
R										

Name :

Address :

Phone: E-mail:

Year	20.....	20.....	20.....	20.....	20.....	20.....	20.....	20.....	20.....	20.....
S										
R										

Name :

Address :

Phone: E-mail:

Year	20.....	20.....	20.....	20.....	20.....	20.....	20.....	20.....	20.....	20.....
S										
R										

Name :

Address :

Phone: E-mail:

Year	20.....	20.....	20.....	20.....	20.....	20.....	20.....	20.....	20.....	20.....
S										
R										

Name :

Address :

Phone: E-mail:

Year	20.....	20.....	20.....	20.....	20.....	20.....	20.....	20.....	20.....	20.....
S										
R										

Name :

Address :

Phone: E-mail:

Year	20.....	20.....	20.....	20.....	20.....	20.....	20.....	20.....	20.....	20.....
S										
R										

Name :

Address :

Phone: E-mail:

Year	20.....	20.....	20.....	20.....	20.....	20.....	20.....	20.....	20.....	20.....
S										
R										

Name :

Address :

Phone: E-mail:

Year	20.....	20.....	20.....	20.....	20.....	20.....	20.....	20.....	20.....	20.....
S										
R										

T

Name :

Address :

Phone: E-mail:

Year	20.....	20.....	20.....	20.....	20.....	20.....	20.....	20.....	20.....	20.....
S										
R										

Name :

Address :

Phone: E-mail:

Year	20.....	20.....	20.....	20.....	20.....	20.....	20.....	20.....	20.....	20.....
S										
R										

Name :

Address :

Phone: E-mail:

Year	20.....	20.....	20.....	20.....	20.....	20.....	20.....	20.....	20.....	20.....
S										
R										

Name :

Address :

Phone: E-mail:

Year	20.....	20.....	20.....	20.....	20.....	20.....	20.....	20.....	20.....	20.....
S										
R										

Name :

Address :

Phone: E-mail:

Year	20.....	20.....	20.....	20.....	20.....	20.....	20.....	20.....	20.....	20.....
S										
R										

Name :

Address :

Phone: E-mail:

Year	20.....	20.....	20.....	20.....	20.....	20.....	20.....	20.....	20.....	20.....
S										
R										

Name :

Address :

Phone: E-mail:

Year	20.....	20.....	20.....	20.....	20.....	20.....	20.....	20.....	20.....	20.....
S										
R										

Name :

Address :

Phone: E-mail:

Year	20.....	20.....	20.....	20.....	20.....	20.....	20.....	20.....	20.....	20.....
S										
R										

Name :

Address :

Phone: E-mail:

Year	20.....	20.....	20.....	20.....	20.....	20.....	20.....	20.....	20.....	20.....
S										
R										

Name :

Address :

Phone: E-mail:

Year	20.....	20.....	20.....	20.....	20.....	20.....	20.....	20.....	20.....	20.....
S										
R										

Name :

Address :

Phone: E-mail:

Year	20.....	20.....	20.....	20.....	20.....	20.....	20.....	20.....	20.....	20.....
S										
R										

Name :

Address :

Phone: E-mail:

Year	20.....	20.....	20.....	20.....	20.....	20.....	20.....	20.....	20.....	20.....
S										
R										

Name :

Address :

Phone: E-mail:

Year	20.....	20.....	20.....	20.....	20.....	20.....	20.....	20.....	20.....	20.....
S										
R										

Name :

Address :

Phone: E-mail:

Year	20.....	20.....	20.....	20.....	20.....	20.....	20.....	20.....	20.....	20.....
S										
R										

Name :

Address :

Phone: E-mail:

Year	20.....	20.....	20.....	20.....	20.....	20.....	20.....	20.....	20.....	20.....
S										
R										

Name :

Address :

Phone: E-mail:

Year	20.....	20.....	20.....	20.....	20.....	20.....	20.....	20.....	20.....	20.....
S										
R										

U

Name :

Address :

Phone: E-mail:

Year	20.....	20.....	20.....	20.....	20.....	20.....	20.....	20.....	20.....	20.....
S										
R										

Name :

Address :

Phone: E-mail:

Year	20.....	20.....	20.....	20.....	20.....	20.....	20.....	20.....	20.....	20.....
S										
R										

Name :

Address :

Phone: E-mail:

Year	20.....	20.....	20.....	20.....	20.....	20.....	20.....	20.....	20.....	20.....
S										
R										

Name :

Address :

Phone: E-mail:

Year	20.....	20.....	20.....	20.....	20.....	20.....	20.....	20.....	20.....	20.....
S										
R										

Name :

Address :

Phone: E-mail:

Year	20.....	20.....	20.....	20.....	20.....	20.....	20.....	20.....	20.....	20.....
S										
R										

Name :

Address :

Phone: E-mail:

Year	20.....	20.....	20.....	20.....	20.....	20.....	20.....	20.....	20.....	20.....
S										
R										

Name :

Address :

Phone: E-mail:

Year	20.....	20.....	20.....	20.....	20.....	20.....	20.....	20.....	20.....	20.....
S										
R										

Name :

Address :

Phone: E-mail:

Year	20.....	20.....	20.....	20.....	20.....	20.....	20.....	20.....	20.....	20.....
S										
R										

Name :

Address :

Phone: E-mail:

Year	20.....	20.....	20.....	20.....	20.....	20.....	20.....	20.....	20.....	20.....
S										
R										

Name :

Address :

Phone: E-mail:

Year	20.....	20.....	20.....	20.....	20.....	20.....	20.....	20.....	20.....	20.....
S										
R										

Name :

Address :

Phone: E-mail:

Year	20.....	20.....	20.....	20.....	20.....	20.....	20.....	20.....	20.....	20.....
S										
R										

Name :

Address :

Phone: E-mail:

Year	20.....	20.....	20.....	20.....	20.....	20.....	20.....	20.....	20.....	20.....
S										
R										

Name :

Address :

Phone: E-mail:

Year	20.....	20.....	20.....	20.....	20.....	20.....	20.....	20.....	20.....	20.....
S										
R										

Name :

Address :

Phone: E-mail:

Year	20.....	20.....	20.....	20.....	20.....	20.....	20.....	20.....	20.....	20.....
S										
R										

Name :

Address :

Phone: E-mail:

Year	20.....	20.....	20.....	20.....	20.....	20.....	20.....	20.....	20.....	20.....
S										
R										

Name :

Address :

Phone: E-mail:

Year	20.....	20.....	20.....	20.....	20.....	20.....	20.....	20.....	20.....	20.....
S										
R										

Name :

Address :

Phone: | E-mail:

Year	20.....	20.....	20.....	20.....	20.....	20.....	20.....	20.....	20.....	20.....
S										
R										

Name :

Address :

Phone: | E-mail:

Year	20.....	20.....	20.....	20.....	20.....	20.....	20.....	20.....	20.....	20.....
S										
R										

Name :

Address :

Phone: | E-mail:

Year	20.....	20.....	20.....	20.....	20.....	20.....	20.....	20.....	20.....	20.....
S										
R										

Name :

Address :

Phone: | E-mail:

Year	20.....	20.....	20.....	20.....	20.....	20.....	20.....	20.....	20.....	20.....
S										
R										

Name :

Address :

Phone: E-mail:

Year	20.....	20.....	20.....	20.....	20.....	20.....	20.....	20.....	20.....	20.....
S										
R										

Name :

Address :

Phone: E-mail:

Year	20.....	20.....	20.....	20.....	20.....	20.....	20.....	20.....	20.....	20.....
S										
R										

Name :

Address :

Phone: E-mail:

Year	20.....	20.....	20.....	20.....	20.....	20.....	20.....	20.....	20.....	20.....
S										
R										

Name :

Address :

Phone: E-mail:

Year	20.....	20.....	20.....	20.....	20.....	20.....	20.....	20.....	20.....	20.....
S										
R										

Name :

Address :

Phone: E-mail:

Year	20.....	20.....	20.....	20.....	20.....	20.....	20.....	20.....	20.....	20.....
S										
R										

Name :

Address :

Phone: E-mail:

Year	20.....	20.....	20.....	20.....	20.....	20.....	20.....	20.....	20.....	20.....
S										
R										

Name :

Address :

Phone: E-mail:

Year	20.....	20.....	20.....	20.....	20.....	20.....	20.....	20.....	20.....	20.....
S										
R										

Name :

Address :

Phone: E-mail:

Year	20.....	20.....	20.....	20.....	20.....	20.....	20.....	20.....	20.....	20.....
S										
R										

Name :

Address :

Phone: E-mail:

Year	20.....	20.....	20.....	20.....	20.....	20.....	20.....	20.....	20.....	20.....
S										
R										

Name :

Address :

Phone: E-mail:

Year	20.....	20.....	20.....	20.....	20.....	20.....	20.....	20.....	20.....	20.....
S										
R										

Name :

Address :

Phone: E-mail:

Year	20.....	20.....	20.....	20.....	20.....	20.....	20.....	20.....	20.....	20.....
S										
R										

Name :

Address :

Phone: E-mail:

Year	20.....	20.....	20.....	20.....	20.....	20.....	20.....	20.....	20.....	20.....
S										
R										

W

Name :

Address :

Phone: E-mail:

Year	20.....	20.....	20.....	20.....	20.....	20.....	20.....	20.....	20.....	20.....
S										
R										

Name :

Address :

Phone: E-mail:

Year	20.....	20.....	20.....	20.....	20.....	20.....	20.....	20.....	20.....	20.....
S										
R										

Name :

Address :

Phone: E-mail:

Year	20.....	20.....	20.....	20.....	20.....	20.....	20.....	20.....	20.....	20.....
S										
R										

Name :

Address :

Phone: E-mail:

Year	20.....	20.....	20.....	20.....	20.....	20.....	20.....	20.....	20.....	20.....
S										
R										

Name :

Address :

Phone:

E-mail:

Year	20.....	20.....	20.....	20.....	20.....	20.....	20.....	20.....	20.....	20.....
S										
R										

Name :

Address :

Phone:

E-mail:

Year	20.....	20.....	20.....	20.....	20.....	20.....	20.....	20.....	20.....	20.....
S										
R										

Name :

Address :

Phone:

E-mail:

Year	20.....	20.....	20.....	20.....	20.....	20.....	20.....	20.....	20.....	20.....
S										
R										

Name :

Address :

Phone:

E-mail:

Year	20.....	20.....	20.....	20.....	20.....	20.....	20.....	20.....	20.....	20.....
S										
R										

X

Name :

Address :

Phone: E-mail:

Year	20.....	20.....	20.....	20.....	20.....	20.....	20.....	20.....	20.....	20.....
S										
R										

Name :

Address :

Phone: E-mail:

Year	20.....	20.....	20.....	20.....	20.....	20.....	20.....	20.....	20.....	20.....
S										
R										

Name :

Address :

Phone: E-mail:

Year	20.....	20.....	20.....	20.....	20.....	20.....	20.....	20.....	20.....	20.....
S										
R										

Name :

Address :

Phone: E-mail:

Year	20.....	20.....	20.....	20.....	20.....	20.....	20.....	20.....	20.....	20.....
S										
R										

Name :

Address :

Phone: | E-mail:

Year	20.....	20.....	20.....	20.....	20.....	20.....	20.....	20.....	20.....	20.....
S										
R										

Name :

Address :

Phone: | E-mail:

Year	20.....	20.....	20.....	20.....	20.....	20.....	20.....	20.....	20.....	20.....
S										
R										

Name :

Address :

Phone: | E-mail:

Year	20.....	20.....	20.....	20.....	20.....	20.....	20.....	20.....	20.....	20.....
S										
R										

Name :

Address :

Phone: | E-mail:

Year	20.....	20.....	20.....	20.....	20.....	20.....	20.....	20.....	20.....	20.....
S										
R										

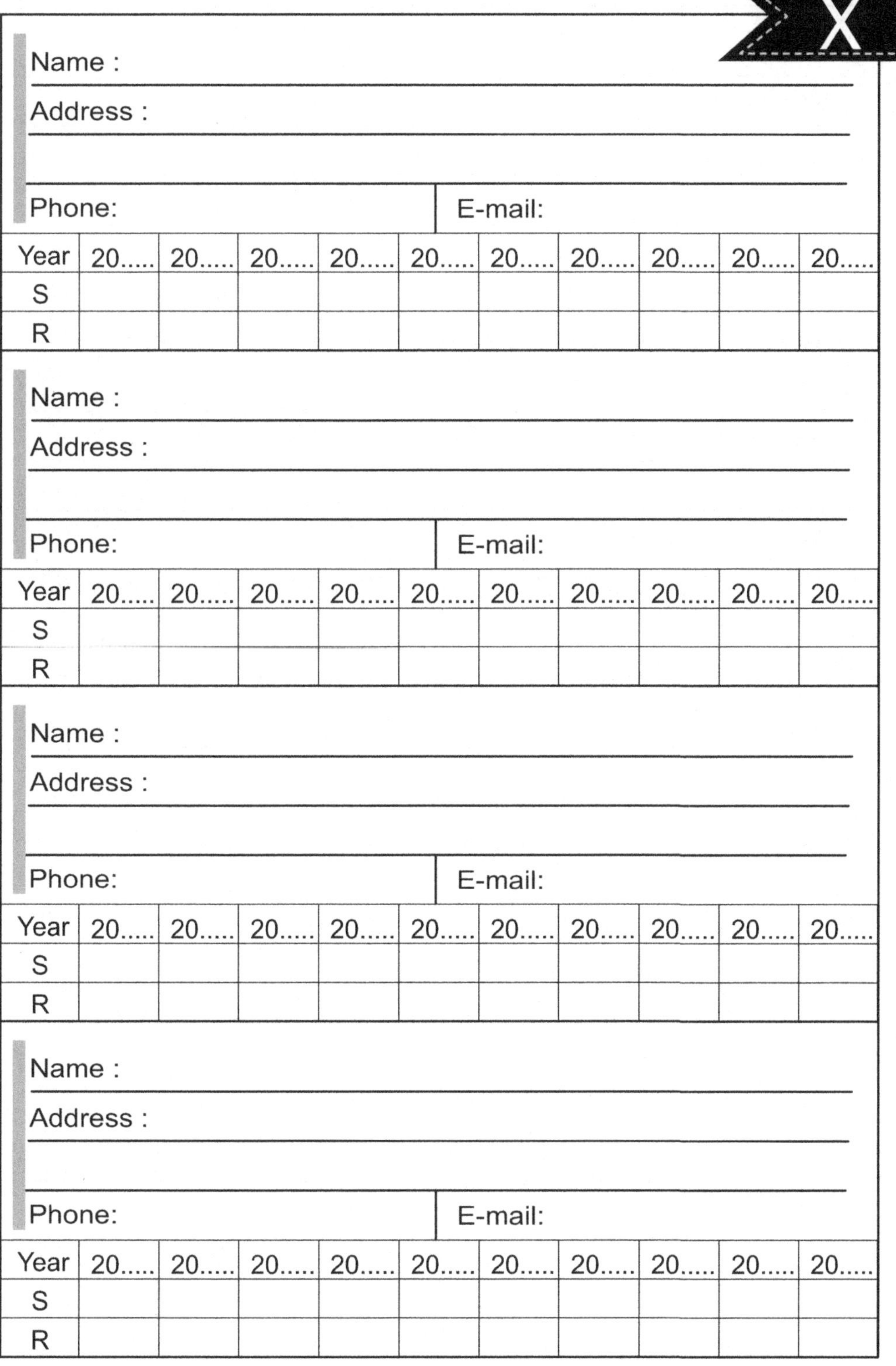

X

Name :

Address :

Phone: E-mail:

Year	20.....	20.....	20.....	20.....	20.....	20.....	20.....	20.....	20.....	20.....
S										
R										

Name :

Address :

Phone: E-mail:

Year	20.....	20.....	20.....	20.....	20.....	20.....	20.....	20.....	20.....	20.....
S										
R										

Name :

Address :

Phone: E-mail:

Year	20.....	20.....	20.....	20.....	20.....	20.....	20.....	20.....	20.....	20.....
S										
R										

Name :

Address :

Phone: E-mail:

Year	20.....	20.....	20.....	20.....	20.....	20.....	20.....	20.....	20.....	20.....
S										
R										

Name :

Address :

Phone: E-mail:

Year	20.....	20.....	20.....	20.....	20.....	20.....	20.....	20.....	20.....	20.....
S										
R										

Name :

Address :

Phone: E-mail:

Year	20.....	20.....	20.....	20.....	20.....	20.....	20.....	20.....	20.....	20.....
S										
R										

Name :

Address :

Phone: E-mail:

Year	20.....	20.....	20.....	20.....	20.....	20.....	20.....	20.....	20.....	20.....
S										
R										

Name :

Address :

Phone: E-mail:

Year	20.....	20.....	20.....	20.....	20.....	20.....	20.....	20.....	20.....	20.....
S										
R										

Y

Name :

Address :

Phone: E-mail:

Year	20.....	20.....	20.....	20.....	20.....	20.....	20.....	20.....	20.....	20.....
S										
R										

Name :

Address :

Phone: E-mail:

Year	20.....	20.....	20.....	20.....	20.....	20.....	20.....	20.....	20.....	20.....
S										
R										

Name :

Address :

Phone: E-mail:

Year	20.....	20.....	20.....	20.....	20.....	20.....	20.....	20.....	20.....	20.....
S										
R										

Name :

Address :

Phone: E-mail:

Year	20.....	20.....	20.....	20.....	20.....	20.....	20.....	20.....	20.....	20.....
S										
R										

Name :

Address :

Phone: E-mail:

Year	20.....	20.....	20.....	20.....	20.....	20.....	20.....	20.....	20.....	20.....
S										
R										

Name :

Address :

Phone: E-mail:

Year	20.....	20.....	20.....	20.....	20.....	20.....	20.....	20.....	20.....	20.....
S										
R										

Name :

Address :

Phone: E-mail:

Year	20.....	20.....	20.....	20.....	20.....	20.....	20.....	20.....	20.....	20.....
S										
R										

Name :

Address :

Phone: E-mail:

Year	20.....	20.....	20.....	20.....	20.....	20.....	20.....	20.....	20.....	20.....
S										
R										

Y

Name :

Address :

Phone: | E-mail:

Year	20.....	20.....	20.....	20.....	20.....	20.....	20.....	20.....	20.....	20.....
S										
R										

Name :

Address :

Phone: | E-mail:

Year	20.....	20.....	20.....	20.....	20.....	20.....	20.....	20.....	20.....	20.....
S										
R										

Name :

Address :

Phone: | E-mail:

Year	20.....	20.....	20.....	20.....	20.....	20.....	20.....	20.....	20.....	20.....
S										
R										

Name :

Address :

Phone: | E-mail:

Year	20.....	20.....	20.....	20.....	20.....	20.....	20.....	20.....	20.....	20.....
S										
R										

Name :

Address :

Phone: E-mail:

Year	20.....	20.....	20.....	20.....	20.....	20.....	20.....	20.....	20.....	20.....
S										
R										

Name :

Address :

Phone: E-mail:

Year	20.....	20.....	20.....	20.....	20.....	20.....	20.....	20.....	20.....	20.....
S										
R										

Name :

Address :

Phone: E-mail:

Year	20.....	20.....	20.....	20.....	20.....	20.....	20.....	20.....	20.....	20.....
S										
R										

Name :

Address :

Phone: E-mail:

Year	20.....	20.....	20.....	20.....	20.....	20.....	20.....	20.....	20.....	20.....
S										
R										

Z

Name :

Address :

Phone: E-mail:

Year	20.....	20.....	20.....	20.....	20.....	20.....	20.....	20.....	20.....	20.....
S										
R										

Name :

Address :

Phone: E-mail:

Year	20.....	20.....	20.....	20.....	20.....	20.....	20.....	20.....	20.....	20.....
S										
R										

Name :

Address :

Phone: E-mail:

Year	20.....	20.....	20.....	20.....	20.....	20.....	20.....	20.....	20.....	20.....
S										
R										

Name :

Address :

Phone: E-mail:

Year	20.....	20.....	20.....	20.....	20.....	20.....	20.....	20.....	20.....	20.....
S										
R										

Name :

Address :

Phone: E-mail:

Year	20.....	20.....	20.....	20.....	20.....	20.....	20.....	20.....	20.....	20.....
S										
R										

Name :

Address :

Phone: E-mail:

Year	20.....	20.....	20.....	20.....	20.....	20.....	20.....	20.....	20.....	20.....
S										
R										

Name :

Address :

Phone: E-mail:

Year	20.....	20.....	20.....	20.....	20.....	20.....	20.....	20.....	20.....	20.....
S										
R										

Name :

Address :

Phone: E-mail:

Year	20.....	20.....	20.....	20.....	20.....	20.....	20.....	20.....	20.....	20.....
S										
R										

Z

Name :

Address :

Phone: E-mail:

Year	20.....	20.....	20.....	20.....	20.....	20.....	20.....	20.....	20.....	20.....
S										
R										

Name :

Address :

Phone: E-mail:

Year	20.....	20.....	20.....	20.....	20.....	20.....	20.....	20.....	20.....	20.....
S										
R										

Name :

Address :

Phone: E-mail:

Year	20.....	20.....	20.....	20.....	20.....	20.....	20.....	20.....	20.....	20.....
S										
R										

Name :

Address :

Phone: E-mail:

Year	20.....	20.....	20.....	20.....	20.....	20.....	20.....	20.....	20.....	20.....
S										
R										

Made in the USA
Las Vegas, NV
30 November 2024